Antoinette Sampson

Friedensengel –
The Peace Angels

Antoinette Simpson

Friedensengel –

The Peace Angels

beustverlag

Für Emma, Julian, Christian, Sam, Sophie, Harrison, Amy, Christopher, Lucienne, Maximilian, Hamish, Joshua, Claudia, Brianna, Jessica, Alexander, Rian, Beatrice & Camilla

Bibliografische Information Der Deutschen Bibliothek
Die Deutsche Bibliothek verzeichnet diese Publikation in der Deutschen Nationalbibliografie; detaillierte bibliografische Daten sind im Internet über http://dnb.ddb.de abrufbar.

© Copyright 2002 Antoinette Sampson
Zuerst erschienen in Australien bei Random House Australia, Pty Ltd
20 Alfred Street, Milsons Point NSW 2061, Australia

1. Auflage 2002

Friedensengel – The Peace Angels
Copyright © 2002 der deutschen Ausgabe
beustverlag, Fraunhoferstr. 13, 80469 München
www.beustverlag.de
Alle Rechte vorbehalten. Reproduktionen, Speicherung in Datenverarbeitungsanlagen, Wiedergabe auf elektronischen, fotomechanischen oder ähnlichen Wegen, Funk und Vortrag – auch auszugsweise – nur mit Genehmigung des Copyrightinhabers.

Idee & künstlerische Leitung: Antoinette Sampson
Text: Rob Sampson
Fotografie: Emma Blaxland, Damian Pleming
Zusätzliche Fotografie: Craig Cranko, John Fryz, Steve Burgess
Produktion: Jon Pollard, Bianca Chiminello
Übersetzung: Heino Nimritz

Druck: ADM GmbH, Bozen, Italia
ISBN 3-89530-101-9
Printed in Italy

The Peace Angels ist ein geschütztes Markenzeichen.

www.peaceangelsonline.com

The Peace Angels®

The Peace Angels bedanken herzlich für die Unterstützung und Hilfe folgender Personen und Institutionen:

Olivia Bonnici, Krista Cassidy, Bianca Chiminello, Linen Chol, Dean Clyke, Alex Mclaughlan, Joni Pollard, Bonnee Robinson, Raymond Rusli, Niki Sernak, Shamila Wickramage, Zigi Howes, Christopher Thomas, Nicky Fantl, Isabella Noall, Emma Blaxland, Milan Keyser, Margaret Schuthof, Ellen Schuthof, Liandra Munene, Rohan Mackellar, Jade Evans, Camilla Vincent, Maggie Ireland, Lucienne Ireland, Emma Jacobs, Jack Taylor, Jordan Southern, Lili Gutteridge, Beatrice Vincent, Tara Borrelli, Christian Sampson, Christopher Ireland, Eric Borrelli, Jim O' Connor, Louise Pleming, Sophie Haydon, Lina Corrigan, Kartini Saddington, Ian Bryant, Josiane Bryant, Kathleen Schuthof, Matthew Schuthof, Marcel Schuthof, Lara Bryant, Aidan Bryant, Sean Barclay, Tse-Yee Teh, Tom Robertson, Trilby Beresford, Jack Wardana, Yula George, Brother Anthony, Isabella Sampson, Michael Ho, Kyron Ho, Mark Howath, John Stephen Butterworth, Anthony Carroll, Thomas Carroll, Amy Ireland, Socratis Otto, Yudhi Srinivasan, Emma Rusher, Annie Colthard, Bella Vendramini, Jessica Love, Fiona Love, Saemi Baba, Anne Castle, Rosemary Reid, Maddy Alexander, Sophia Alexander, Alex Threlfall, Venus Morcos, Lorna Black, Posie Graeme-Evans, Lydia Alexander, Betty Williams, Antoinette Wilson, Angela Alegounarias, Julie Burland, Madeleine Van Leer, Roland Hoog, Kathryn Cooper, Ilaine Navea, Wendy Shotton, L.M.Colclough, Lesley-Anne Becker, Michelle Booth, Danny Vendramini, Emma Jade, Ann Tye, Bronwen Jones, Carel Filmer, Betty Filmer, Maggie Hamilton, Doris Nuares,

Blake Read, Eloise Haydon, Cinnamon Pollard, Jenny Campbell, Frank Flynn, Scott Lewin, Olivia De Vere, Melina Gissing, Jean Paul Rodriguzz, Jared Kruizinge, Nancy Wood, Cate Shore, Christine Giorgio, Vera Pavlavich, Aimee Jones, Christian Draxl, Melissa Holroyd, Callan Francis Mulvey, Lara Cox, Harrison Haydon, Husein Bristina, Josef Reif, Narelle Green, Phillip Bond, David Reid, Sam Haydon, Helga Pike, Brandon Blythe, Jamie Vertucci, Isabelle Vertucci, Hazel Rex, Dan Potra, Steve Bull, Samuel Lam, Jason Jessup, Dav Evans, Val Holland, Richard Chappel, David John Ruffolo, James Haydon, Max Sernack, Ruben Blundell, Robin Monkhouse, Caitlin Moore, Billy Hughes-Tweedie, Betty Blomfield, Ernie Blomfield, Rosemary Butterworth, Robert Smith, Marelle Mc Colm, Jeannette Sharpe, Grahame Doherty, Kerry Noall, Carmel Niland, Greta Fahlstrom, Val Friss, Anthony Mclellan, Linley Casey, Matthew Casey, Liam Casey, Sheila Drummond, Toni Reiseger, Paul Dravet, Ryan Bishell, Gabriela Tyslova, Rory Unite, Faith Martin, Daniel Sullivan, Reuben Blundell, Camilla Franks, Sri Sathya Sai Baba, Sananda.

St. Andrews Anglican Church (Roseville), Hayden Orpheum Picture Palace, Newtown Performing Arts High School, Pioneer Studios, Bar Italia, Mint Bar, St Josephs College, Hunters Hill, The National Institute of Dramatic Art (Nida), Rosedale Riding Equestrian Centre, Fitzroy Falls, The Coffee Bean, The Southern Cross Academy of Light, Castle Cove Convenience Store, Pittwater Private Hospital, Sydney Kingsford Smith Airport, Paddy's Markets, Market City, Double Bay Bridge Club und State Rail Authority.

Frieden beginnt in deinem
Kopf und in deinem Herzen.
Frieden lebt in deiner
Nachbarschaft und zeigt
sich in deinen Worten,
in deinen Gesten.

ANTOINETTE SAMPSON

Ich erinnere mich ...

Als ich ankam

landete ich ganz

weich

Ich weiß noch,
dass du auf mich
gewartet hast

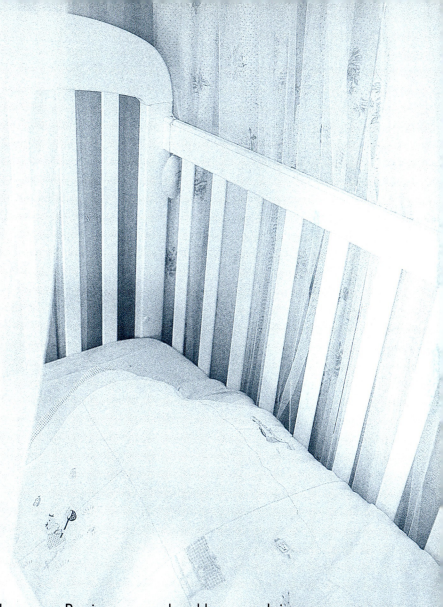

Es war eine lange Reise, und alles schien so neu

aber es machte nichts, ich war nicht allein

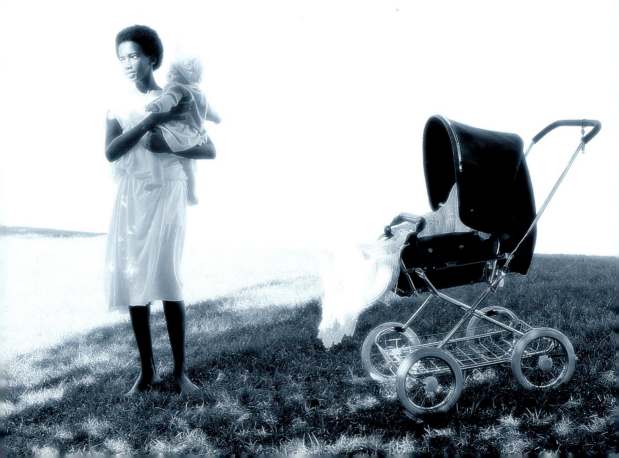

Ich sah dich, und auch deine

Freunde

Formen und Licht, hell und warm

Alles war so neu und drehte sich, ich musste kichern

ich konnte Berge besteigen

ich konnte fliegen

Du gingst fort. Wohin?

Ich erinnere mich an das Gefühl der
Schwere

an den Tag, als ich
schlafen ging

ich erinnere
mich ...
an was
erinnere ich
mich?

Du kennst
das Gefühl

weder traurig noch
glücklich

irgendwie im Niemandsland

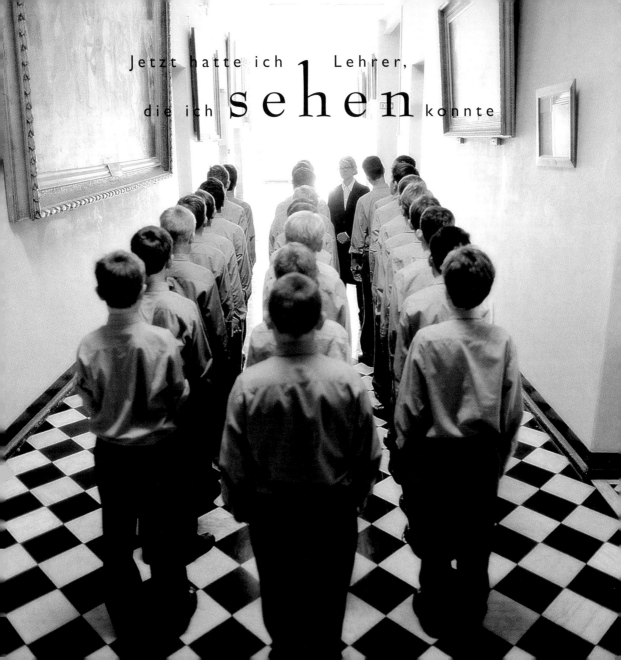

sie sagten, du würdest nur in
Büchern existieren

und ich
g l a u b t e ihnen

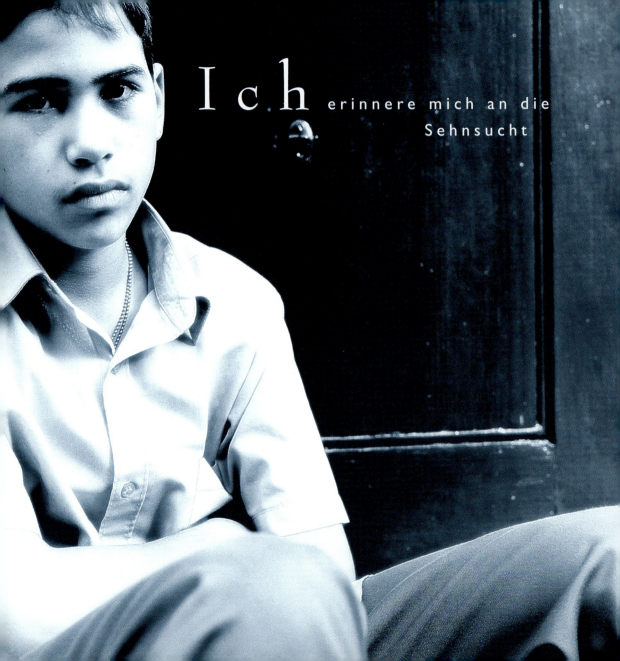

an die

Träume

was wunderbar war

Wirklich, es geht mir

ich bin nur etwas müde

Ich fühlte mich so  *leer*

ich weiß nicht mehr warum

dass du mir zuflüsterst: Ich bin

immerdar

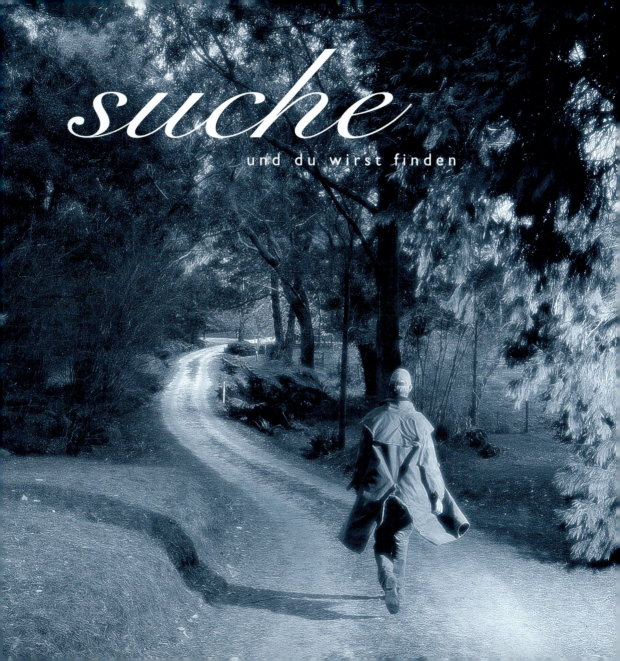

im Fernsehen ...

Doch die Erinnerung ist stark

wir können nicht vergessen

in unserem Gedächtnis ist das Universum gespeichert

wer *sucht*

wird finden

auf etwas Größeres

Dort habe ich dich

gefunden

lachend und spielend

Ich war immer da,
ich bin nie gegangen

wer trocknete den nassen Felsen

wer zähmte die
Wellen

wer stoppte jenes Auto

wer wusch das Fieber fort

wer
liebte
dich zurück ins Leben?

Ein Schritt nach dem anderen, entscheide dich

hab' keine Angst

erinnere dich, du bist derjenige

den du in deinen Träumen siehst

den du liebst

dem du vergibst

Wenn du mir in die Augen schaust

ich werde dich nie
verlassen

wir bleiben zusammen, für immer

bei jedem *Atemzug*

bis zum letzten

Und wenn du gehst

zu einem neuen Abenteuer

Ich bin gern mit dir
zusammen

ich stehe dir gern *bei*